Sepúlveda | Historia de Mix, de Max y de Mex

Fremdsprachentexte | Spanisch

Luis Sepúlveda

Historia de Mix, de Max y de Mex

Illustrationen von Simona Mulazzani

Herausgegeben von Michaela Schwermann

Reclam

Diese Ausgabe darf nur in der Bundesrepublik Deutschland, in Österreich und in der Schweiz vertrieben werden.

Venta autorizada unicamente en Alemania, Austria y Suiza.

RECLAMS UNIVERSAL-BIBLIOTHEK Nr. 19885

Gestaltung: Cornelia Feyll, Friedrich Forssman
Gesamtherstellung: Reclam, Ditzingen. Printed in Germany 2014
RECLAM, UNIVERSAL-BIBLIOTHEK und
RECLAMS UNIVERSAL-BIBLIOTHEK sind eingetragene Marken der Philipp Reclam jun. GmbH & Co. KG, Stuttgart
ISBN 978-3-15-019885-8

Auch als E-Book erhältlich

www.reclam.de

A mis nietas y nietos Camila, Daniel, Gabriel, Aurora y Valentina.

admitir / conceder
acerto
declarar

Unas palabras sobre esta historia

Siempre me han gustado los gatos. Me gustan todos los animales, pero con los gatos tengo una relación especial. Hace muchos años conocí a un astrólogo chino y, aunque no creo en la gente que ve el porvenir, porque sé que cada uno es responsable de su destino y cada destino está lleno de sorpresas, acepté que me hiciera una carta astral. Luego de preguntarme dónde había nacido, cuándo y a qué hora, trazó un extraño mapa lleno de símbolos y cálculos misteriosos, meditó un largo rato y finalmente dijo: «Alguna vez, en una vida pasada, fuiste un gato muy feliz, porque eras el gato favorito de un mandarín».

Reconozco que me alegró saber que tenía un lejano, lejanísimo antepasado chino, y además gato favorito de un mandarín. El astrólogo me regaló tres pequeños gatos de bronce, tres gatos gordos, y cada uno tiene en la parte de atrás un pequeño agujero. «Que nunca les falte de comer», me aconsejó y dio por finalizada su entrevista conmigo.

5f. **el porvenir:** Zukunft. | 6f. **el destino:** Schicksal. | 8 **la carta astral:** Horoskop. | 9 **trazar:** zeichnen, entwerfen. | 10 **el cálculo:** Berechnung, Kalkulation. | 11 **meditar:** nachdenken, überlegen. | 14 **reconocer:** hier: einräumen, zugeben. | 15 **el antepasado:** Vorfahr. | 18 **el agujero:** Loch. | 19 **aconsejar algo a alg.:** jdm. etwas raten (*el consejo:* Ratschlag). | **dar por:** betrachten als, erklären für.

el futuro la suerte el horóscopo
dibujar/esbozar pensar/reflexionar

Y lo hice, y lo hago. Cada cierto tiempo meto en esos agujeros un poco, un minúsculo grano de comida de gatos, y me gusta pensar que así mantengo la estupenda relación con los gatos.

Me gustan los gatos porque son misteriosos, muy dignos e independientes. Cuando conocí al pequeño Mix, un gato que mi hijo Max adoptó en la Sociedad Protectora de Animales de Múnich, me asombró la dignidad que tenía pese a ser un gatito no más grande que una de mis manos. Mix creció, y también mi asombro, porque tenía un rostro diferente a cualquier otro gato. Tenía un perfil estilizado, griego, que llamaba la atención de todos.

Mix, como descubrirán en la historia que sigue luego de estas palabras, tuvo un destino extraño que a cualquier otro animal habría hecho sufrir mucho, pero Mix nunca abandonó el buen humor manifestado en sus ronroneos y cuando, como todos los gatos,

2 **minúsculo/a:** winzig. | **el grano:** Korn, Kern. | 3 **mantener:** halten, stützen, aufrechterhalten. | 6 **digno/a:** würdig, würdevoll (*la dignidad:* Würde). | 7 f. **la sociedad protectora de animales:** Tierschutzverein. | 8 **asombrar a alg.:** jdn. in Erstaunen versetzen, verwundern (*el asombro:* Erstaunen, Verwunderung). | 9 **pese a ser un gatito:** obwohl es nur ein kleines Kätzchen war. | 11 **el rostro:** Gesicht. | 12 **el perfil:** Profil. | **estilizado/a** (fig.): schlank, schmal, fein. | 12 f. **llamar la atención de alg.:** jds. Aufmerksamkeit erregen, jdm. auffallen. | 18 **el ronroneo:** Schnurren (*ronronear:* schnurren).

muy pequeño semilla conservar
respetable | honorable
a pesar de | aunque la cara

se ausentaba sin dejar de estar presente, envuelto en el gran misterio que rodea a los gatos, en su expresión se podía ver una gran felicidad.

En muchas ocasiones le pregunté: «¿En qué piensas, Mix?».

Naturalmente que no me respondió, y esta historia quiere responder a esa pregunta, ser la voz del silencio del gato Mix.

Luis Sepúlveda
Gijón, al final del verano, 2012

1 **ausentarse:** weggehen; hier (fig.): sterben. | **envolver:** einhüllen, einwickeln. | 2 **rodear:** umgeben, umringen.

lgado | fino | delicado

Capítulo primero

Podría decir que Mix es el gato de Max, aunque también podría indicar que Max es el humano de Mix, pero la vida nos enseña que no es justo que una persona sea dueña de otra persona o de un animal; entonces digamos que Max y Mix, o Mix y Max, se quieren el uno al otro.

Max y Mix, o Mix y Max, vivían en una casa de Múnich, y la casa estaba en una calle flanqueada por altos castaños, hermosos árboles que daban buena sombra en el verano que siempre fueron la gran alegría de Mix y la gran preocupación de Max.

Cuando Mix era muy pequeño, en un descuido de Max y sus hermanos, salió a la calle, sintió la invitación de la aventura, trepó hasta la rama más alta de un castaño y, una vez arriba, descubrió que bajar era más difícil que subir, así que muy aferrado a la rama empezó a maullar pidiendo ayuda.

Max, que también era pequeño, subió con la intención de bajar a Mix, pero al llegar a las ramas más altas

3 **el (ser) humano:** Mensch, menschliches Wesen. | 13 **el descuido:** Unachtsamkeit. | 15 **trepar:** klettern. | 17 **aferrarse a:** sich klammern/festhalten an. | 18 **maullar:** miauen. | 20 **bajar:** hier: herunterholen.

miró hacia abajo, sintió vértigo y descubrió que tampoco podía bajar.

Un vecino llamó a los bomberos y éstos llegaron en un gran camión rojo lleno de escaleras. Desde abajo, los hermanos de Max, unos vecinos y el cartero les gritaban: «¡No te muevas, Max!» y «¡no te muevas, Mix!».

El jefe de los bomberos llevaba un casco reluciente, y antes de subir por la escalera telescópica quiso saber quién se llamaba Max y quién se llamaba Mix.

Mientras tanto, en la rama más alta del castaño, Max sujetaba a Mix y le decía: «Vaya lío que hemos armado, Mix, prométeme que no volverás a trepar hasta las ramas más altas de un árbol sin antes haber aprendido a subir y bajar de las ramas más bajas».

Esto lo dijo Max en la rama más alta del castaño, porque Mix era su amigo, y los amigos se apoyan, se enseñan el uno al otro, comparten los aciertos y los errores.

1 **el vértigo:** Schwindel. | 8 **reluciente:** leuchtend, glänzend. | 12 **sujetar:** festhalten. | 12 f. **vaya lío que hemos armado:** etwa: da haben wir ja was angestellt (*el lío:* Durcheinander; *armar:* bewaffnen; hier [fam.]: anstellen, anzetteln). | 18 **apoyarse** (fig.): sich unterstützen. | 19 **compartir:** teilen. | **el acierto:** Erfolg, Treffer.

Una vez en el suelo, Max y Mix recibieron algunos consejos del jefe de los bomberos y regresaron a casa cubiertos de polen de castaño.

1 **el suelo:** (Fuß-)Boden. | 3 **el polen:** Blütenstaub, Pollen.

Capítulo segundo

Mix creció. Se convirtió primero en un hermoso gato joven de piel negra en la espalda y blanca en el pecho, y más tarde en un gato adulto, fuerte y vigoroso.

Max también creció y se transformó en un adolescente que cada mañana marchaba en bicicleta a la escuela, pero antes de salir limpiaba la caja de arena de Mix y le llenaba un plato con su pienso favorito, el de sabor a pescado.

Max cuidaba a Mix y Mix cuidaba la alacena, para que los ratones no se acercaran hasta la caja de cereales con chocolate, los favoritos de Max.

Aunque no había ratones en la casa, Mix cumplía con agrado la función de guardián de la alacena, porque sabía que Max era su amigo, y los amigos cuidan la alegría del otro.

Una tarde, un compañero de la escuela de Max dijo algo sobre la cara de Mix, y cuando se fue, Max abrió el diccionario en la letra «p», buscó la palabra «perfil» y encontró varias reproducciones de dibujos antiguos que lo alegraron. Entonces llamó a Mix, lo subió a la mesa y le mostró el diccionario.

4 **vigoroso/a:** kräftig. | 8 **el pienso:** Futter. | 10 **la alacena:** Speise-, Vorratsschrank. | 14 **con agrado:** gern, mit Freuden (*el agrado:* Wohlgefallen, Belieben). | 21 **subir:** hier: hinaufbringen, hochheben.

– Mira, Mix, mi amigo tiene razón, tienes un perfil que se llama perfil griego. – Sí, Mix era un gato de perfil griego que resaltaba sus grandes ojos amarillos.

A veces Max le mostraba libros sobre la Grecia antigua y le hablaba de hombres llamados Agamenón, Aquiles, Ulises y Menelao. Todos tenían el mismo perfil de Mix.

En algunas ocasiones Max llamaba a Mix, y cuando el gato no acudía a su llamada, salía hasta la calle y preguntaba al vendedor de periódicos o al cartero:

– ¿Has visto a un gato grande con la espalda negra y el pecho blanco?

– ¿Un gato con perfil griego? Sí, lo he visto. Trepó a un castaño, de ahí saltó hasta el techo de la casa. Es muy ágil ese gato de perfil griego.

Entonces Max se sentía tranquilo pues sabía que Mix volvería cuando quisiera y que vagando por los techos disfrutaba de su libertad de gato. Los amigos siempre cuidan la libertad del otro.

3 **resaltar:** hervorheben, betonen. | 9 **acudir a:** sich einfinden in, eilen zu. | 14 **el techo:** Dach. | 15 **ágil:** flink, wendig, geschickt. | 17 **vagar:** herumstreichen, -streunen.

Capítulo tercero

El tiempo de los gatos es diferente al tiempo de las personas. Con el paso de los años, lentamente, Max se convirtió en un joven lleno de planes y de sueños. Mix también cambió y de manera menos lenta se fue convirtiendo en un gato anciano.

A Max le gustaba pensar que ningún pájaro sabe volar cuando nace, pero llega el momento en que la invitación del aire es más fuerte que el miedo a caer y entonces la vida les enseña a extender las alas. Así, cuando Max cumplió dieciocho años y decidió que quería ser independiente, con la ayuda de sus padres alquiló un pequeño piso en una calle tranquila y con muchos árboles.

– Ahora ésta es nuestra casa, Mix. A veces estaré triste cuando me falten mis padres y mis hermanos, pero te tengo a ti y sé que no estoy solo – dijo Max al abrir la puerta de su nuevo hogar.

Mix se acostumbró muy pronto a la nueva casa en la planta más alta de un edificio de cinco, y solía sentarse en el alféizar de una ventana con el gesto atento de los gatos a mirar todo lo que ocurría al otro lado de los cristales.

10 **extender:** ausbreiten. | 18 **el hogar:** Heim, Zuhause. | 21 **el alféizar:** Fensterbank, -brett.

Max sabía que estar bajo el cielo abierto era importante para Mix, de tal manera que, en el baño, abrió una trampilla del techo, dispuso una escalera, y así el gato podía dar sus paseos al aire libre. Los amigos comprenden las limitaciones del otro y lo ayudan.

Cada día Mix exploraba el techo de la casa y al regresar agradecía a Max frotándose contra sus piernas y ronroneando. Así compartían el pequeño espacio, y mientras Max estudiaba en libros que enseñaban los secretos de las matemáticas, de la química y de la física, Mix se acomodaba cerca de sus pies y recordaba a cuántos árboles había trepado, a los pájaros que alzaban el vuelo apenas lo veían, a la lluvia que lo había mojado o a la nieve que crujía bajo sus cuatro patas. Los amigos de verdad también comparten el silencio.

Max estudiaba mientras la nieve cubría la ciudad, estudiaba sin apenas mirar los brotes verdes que asomados en las ramas de los árboles anunciaban la pri-

3 **la trampilla:** Klappe. | **disponer:** (an)ordnen; hier: aufstellen. | 6 **explorar:** erforschen, erkunden (*el explorador:* Forscher, Kundschafter). | 7 **frotarse contra:** sich reiben an. | 8 **el espacio:** (Zwischen-)Raum, Platz. | 11 **acomodarse:** es sich bequem machen. | 12 f. **alzar el vuelo:** davonfliegen (*alzar:* erheben; *el vuelo,* hier: Flügel, Schwinge). | 13 **apenas:** kaum. | 14 **crujir:** knirschen. | 15 **los amigos de verdad:** echte Freunde. | 16 **cubrir:** bedecken. | 17 **el brote:** Knospe, Spross. | 17 f. **asomar:** zum Vorschein kommen, herauskommen.

mavera. Estudiaba con las ventanas abiertas para que la casa se llenara de sol, y continuaba estudiando cuando los días se tornaban más cortos y el color gris acero del invierno se adueñaba de todo. Sus planes y sus sueños dependían de su esfuerzo y se entregaba de lleno al portento de saber por qué las cosas eran de tal manera y cómo podían ser mejores.

Mix empezó a abandonar su placer de explorador de los techos y pensó que tal vez era culpa del invierno, de la falta de luz y de la delicada bruma que envolvía los objetos de la casa.

3 **tornarse:** sich verwandeln; hier: werden. | 4 **adueñarse de algo:** sich einer Sache bemächtigen, von etwas Besitz ergreifen. | 5 f. **entregarse a algo:** sich einer Sache widmen. | 6 **de lleno:** völlig, gänzlich. | **el portento:** Wunder. | 9 **tal vez:** vielleicht. | 10 **la bruma:** leichter Nebel.

Capítulo cuarto

Un día de invierno alguien llamó a la puerta y, como siempre, Mix se acercó para ser el primero en saludar al visitante. Max lo vio avanzar por el pasillo, y también vio en el suelo la caja de libros que pensaba devolver a la biblioteca, una caja que nunca antes había estado ahí, y sintió un dolor muy grande al ver que Mix chocaba con la caja.

Ese día Max no atendió al visitante. Tomó a Mix en sus brazos y corrió con él hasta la consulta del veterinario. El diagnóstico fue cruel, duro, inesperado. Mix estaba ciego.

A partir de ese día todo estuvo en su lugar acostumbrado. Si alguien movía una silla, luego debía dejarla tal y como la había encontrado, y las puertas permanecían abiertas para que Mix se moviera con toda facilidad. Los amigos de verdad siempre cuidan del otro.

Mix, el gato ciego de perfil griego, dejó de subir por la escalera hasta la trampilla del techo, y aunque algo más lento por la ceguera no dejaba de moverse

5 f. **devolver:** zurückgeben. | 9 **atender a:** hier: sich kümmern um. | 11 **inesperado/a:** unerwartet. | 12 **ciego/a:** blind (*la ceguera:* Blindheit). | 15 f. **permanecer:** (ver)bleiben. | 17 **la facilidad:** Leichtigkeit.

por el piso. Con la ayuda de su olfato y la buena memoria de los gatos encontraba sin problemas el camino hasta la caja de arena o hasta el plato de su pienso favorito.

Recostado muy cerca de los pies de Max, oía el roce de los dedos al pasar páginas, escuchaba atentamente a su amigo repetir una y otra vez textos hasta memorizarlos, su oído se fue haciendo más fino y sabía diferenciar el ruido de un bolígrafo al escribir del que hace un lápiz de grafito. En el piso vecino vivía una estudiante de música, y Mix sentía una especial felicidad cuando la oía musitar tímidamente «y vamos a ver cómo se me da Bach», porque entonces el sonido del violín lo adormecía y la bruma de sus ojos se transformaba en el color de la dicha.

Su oído se tornó tan fino que era capaz de escuchar las voces de los otros inquilinos que vivían en los pisos inferiores: a uno no le gustaba la margarina y una voz de mujer respondía que la mantequilla costaba

1 **el olfato:** Geruchssinn. | 5 **recostarse:** sich anlehnen, aufstützen. | **el roce:** (leichte) Berührung, Streifen. | 7 f. **memorizar algo:** etwas im Gedächtnis behalten. | 8 **irse haciendo:** allmählich / nach und nach werden. | 12 **musitar:** flüstern, murmeln. | 12 f. **cómo se me da Bach** (fam.): ob ich ein Händchen für Bach habe (*se me da bien/mal:* dafür habe ich ein/kein Händchen). | 14 **adormecer:** müde machen, einschläfern. | 15 **la dicha:** Glück. | 17 **el inquilino / la inquilina:** Mieter(in).

demasiado; otro aseguraba que su maquinilla de rasurar arañaba la piel, y hasta se alarmó cierto día en que un vecino de la segunda planta se quejaba del descuido de sus hijos, agregando que se habían escapado todos los ratones mexicanos.

– ¿Cómo será un ratón mexicano? – se preguntó Mix, pero no le dio más importancia al asunto pues el sonido del pienso al salir de la caja era una invitación irresistible a dirigir sus pasos a la cocina.

1 f. **la maquinilla de rasurar:** Rasierapparat. | 2 **arañar:** zerkratzen. | **alarmarse en que:** unruhig werden / sich erschrecken, weil. | 3 **quejarse de:** sich beklagen über. | 4 **agregar:** hinzufügen. | 9 **irresistible:** unwiderstehlich.

Capítulo quinto

Una mañana Mix sintió la mano de Max acariciando su lomo. Le escuchó decir que debía viajar hasta una ciudad algo lejana, que dejaba su plato colmado de pienso y que regresaría al día siguiente.

Por toda respuesta Mix ronroneó. Sabía que Max acudía a una entrevista de trabajo. La noche anterior, mientras le acariciaba la panza, había mencionado que tenía varias ofertas y que se decidiría por la mejor.

– Si todo sale como quiero, Mix, muy pronto alquilaremos un piso más grande y tendrás más espacio para moverte. ¿Qué te parece, Mix? ¿Te gustaría tener mucho más espacio para ti?

Mix respondió estirando el cuerpo. Los amigos de verdad comparten los sueños y las esperanzas.

Cuando Max cerró la puerta, la casa se sumió en un enorme silencio, en un silencio espeso como la bruma del otoño que Mix recordaba, esa bruma envolvente que, vista desde el techo, hacía desaparecer las calles y las copas de los castaños se veían como islas en un mar gris.

3 **el lomo:** Rücken. | 4 **colmado/a de:** (rand)voll mit, voller. | 6 **por toda respuesta:** als einzige Antwort. | 8 **la panza:** Bauch. | 14 **estirar:** (aus)strecken. | 16 **sumirse en:** versinken in. | 17 **espeso/a:** dicht, dick. | 18 f. **envolvente:** einhüllend. | 20 **la copa:** hier: Baumkrone.

Mix se acomodó cerca del radiador de calefacción, se echó sobre sus cuatro patas, buscó la posición más cómoda y cerró los ojos. Cada vez que lo hacía, de sus pupilas desaparecía la niebla y con los ojos inagotables del recuerdo veía con toda nitidez todo aquello que atesoraba en su memoria.

Mix nunca había cazado un pájaro, pero recordaba con qué placer seguía el vuelo de las urracas desde lugares lejanos hasta sus nidos, portando siempre pequeños objetos brillantes en los picos. También recordaba con emoción el alto vuelo de los estorninos en bandadas numerosas, y que parecían moverse en el cielo como un solo cuerpo fragmentado en miles de diminutos objetos oscuros. Y el calor suave que escapaba del radiador le trajo a los ojos del recuerdo el vuelo grave, esforzado de los gansos que, cada año, volando desde las regiones más frías hacia el sur, anunciaban la llegada del invierno.

Se sentía bien, muy bien junto al radiador y a sus recuerdos, cuando escuchó unos débiles, muy débiles

1 **el radiador de calefacción:** Heizkörper. | 2 **echarse:** sich hinlegen, ausstrecken. | 4 f. **inagotable:** unerschöpflich. | 5 **la nitidez:** Klarheit, Schärfe. | 6 **atesorar:** ansammeln, anhäufen. | 8 **la urraca:** Elster. | 9 **el nido:** Nest. | **portar:** tragen, transportieren. | 10 **el pico:** Schnabel. | 11 **el estornino:** Star. | 12 **la bandada:** Schwarm. | 13 **fragmentar:** zerstückeln, teilen. | 14 **diminuto/a:** winzig. | 16 **el ganso:** Gans.

pero rápidos pasitos que se acercaban, se detenían y volvían a aproximarse.

Sin cambiar de posición, tensó los músculos. Con los ojos cerrados movía las orejas y los bigotes. Aquello que se acercaba olía a papel, tenía el mismo olor de los libros en los que Max descubría los secretos de la ciencia.

De pronto, y con la rapidez de sus mejores años, Mix estiró una pata delantera y palpó un cuerpecillo tembloroso bajo sus cojinetes. Era algo que se movía intentando liberarse, pero Mix presionó hasta inmovilizarlo.

– Muy bien. ¿Qué extraño ser eres tú? – preguntó en la lengua de los gatos, los ratones y otros habitantes de los techos.

Bajo su pata, un ratón diminuto trataba inútilmente de zafarse del peso que tenía encima, mas el ratón, pequeño, débil y frágil, era astuto y pensó con rapidez

1 **detenerse:** stehenbleiben, anhalten. | 2 **aproximarse:** sich nähern, näher kommen. | 3 **tensar:** (an)spannen, straffen. | 4 **los bigotes:** Schnurrhaare. | 9 **delantero/a:** Vorder… | **palpar:** befühlen, abtasten. | 10 **tembloroso/a:** zitternd (*temblar:* zittern). | **el cojinete** (dim.): *el cojín:* hier: weicher Ballen unter der Katzenpfote. | 11 **presionar:** drücken, Druck ausüben. | 11 f. **inmovilizar:** bewegungsunfähig machen, ruhigstellen. | 17 **zafarse de algo:** etwas loswerden, sich etwas vom Halse schaffen. | **mas:** aber. | 18 **astuto/a:** schlau.

en todo lo que sabía de los gatos antes de responder. Pensó en todo eso que, supuestamente, les causaba repugnancia.

– Soy una babosa, señor gato. En efecto, soy una babosa húmeda y de aspecto asqueroso, soy un bicho repugnante y feo, tanto que no me atrevo a mirarme en ningún espejo porque me doy miedo y asco. En efecto, soy muy feo, más aún, feísimo, así que te ruego no abrir los ojos porque la impresión de ver a un bicho tan feo podría hacerte daño, quitarte el apetito, provocarte horribles pesadillas. ¡¿Por qué seré tan feo?!

Sin dejar de presionar, con la otra pata delantera Mix palpó la cabeza, las diminutas orejas, el lomo y el rabo del ratón.

– Una babosa con orejas, bigotes y rabo. Nunca pensé que una babosa se pudiera parecer tanto a un ratón, y menos aún que fuera tan parlanchina.

El ratón pensó que estaba perdido, pero enseguida

2 **supuestamente:** vermutlich. | 3 **la repugnancia:** Abneigung, Widerwille, Ekel (*repugnante:* abstoßend, widerlich). | 4 **la babosa:** Nacktschnecke. | **en efecto:** tatsächlich, wirklich. | 5 **asqueroso/a:** widerlich, ekelhaft (*el asco:* Ekel). | **el bicho:** (kleines) Tier (*los bichos:* Ungeziefer). | 6 **atreverse a hacer algo:** sich trauen etwas zu tun. | 11 **la pesadilla:** Alptraum. | 15 **el rabo:** Schwanz. | 18 **parlanchín, -ina** (fam.): geschwätzig.

recordó que, en algunas ocasiones, desde su escondite en la parte más alta del librero, había presenciado cómo el joven Max se llevaba las manos a la cabeza al ver bolígrafos o papeles esparcidos en el suelo. Entonces, en voz alta, preguntaba quién había trepado a su escritorio y Mix, el gato de perfil griego, acudía ronroneando, se echaba panza arriba junto a los pies de Max en una confesión sin palabras que hacía sonreír al joven al tiempo que decía: «Muy bien, Mix, entre amigos hay que decir siempre la verdad». Y luego lo acariciaba o le servía una ración extra de pienso.

– En efecto, señor gato, lo has descubierto, soy un ratón y te aseguro que de los más interesantes, aunque de sabor hay otros mucho mejores. Si te digo la verdad, solamente la verdad y sin guardarme ningún secreto … ¿hay algún premio?

Antes de responder, Mix levantó la pata y dejó libre al ratón.

– Sé que eres un ratón, y más aún: sé que eres el ratón que vive en la parte alta del librero. Te oigo cada día cuando bajas, vas hasta la alacena y comes los cereales que han caído. Tú sabes que no puedo ver, pero

1 **el escondite:** Versteck, Schlupfwinkel. | 2 **el librero** (Am.): Bücherregal. | **presenciar algo:** einer Sache beiwohnen; hier: etwas sehen. | 4 **esparcido/a:** verstreut. | 5 f. **el escritorio:** Schreibtisch. | 9 **al tiempo que:** während. | 15 f. **guardar un secreto:** ein Geheimnis hüten, etwas verheimlichen.

mis orejas y mi nariz me ayudan a saber lo que ocurre. Dime: ¿no tienes miedo de mí?

– En efecto, tengo mucho miedo, señor gato, soy un ratón de los más cobardes, estoy temblando de miedo, pero el hambre es superior al miedo. Quería estar seguro de que no puedes ver porque sobre la mesa de la cocina hay unos granos de muesli que parecen deliciosos, muy deliciosos, superdeliciosos, y yo tengo una enorme pasión por las cosas deliciosas. Ésa es la verdad, toda la verdad, nada más que la verdad … ¿hay algún premio a mi sinceridad?

– Sí, pero antes dime cómo eres.

Entonces el ratón se describió a sí mismo, dijo que su piel era de un color marrón pálido, con una franja blanca que partía desde el cuello hasta sus posaderas, agregó que sus bigotes eran cortos, su rabo delgado y que su nariz tenía un tono rosa.

– En efecto, soy lo que se dice un ratón guapo, señor gato, muy guapo, suave y tibio. Soy un ratón mexicano y con mis hermanos vivía en un piso de más abajo, una vida triste de mascotas encerrados en

4 **cobarde:** feige. | 11 **la sinceridad:** Aufrichtigkeit, Ehrlichkeit. | 14 **pálido/a:** blass, bleich. | **la franja:** Streifen. | 15 **el cuello:** Hals. | **las posaderas** (pl.!, fam.): Hintern, Allerwertester. | 19 **tibio/a:** lauwarm; hier (fig.): lässig, gemütlich. | 21 **la mascota:** Maskottchen; Haustier. | **encerrar:** einsperren.

un cubo de cristal, pero un día escapamos, mis hermanos se largaron hacia la calle y en cambio yo decidí subir hasta tu piso, sin ánimo de molestar. Y soy muy listo, el ratón más listo que puedas conocer, conozco muchas cosas que con gusto compartiría contigo si me dejas comer esos granos de muesli tan deliciosos, muy deliciosos, superdeliciosos …

– Está bien, ratón. Disfruta de esos granos de muesli, pero usa la boca nada más que para comer – dijo Mix, y escuchó los diminutos pasos del ratón corriendo hacia la cocina.

1 **el cubo de cristal:** Glaskiste. | 2 **largarse** (fam.): abhauen, ausreißen. | **en cambio:** hingegen. | 3 **sin ánimo de molestar:** ohne stören zu wollen (*el ánimo:* hier: Lust, Absicht). | 3 f. **ser listo/a:** klug, gescheit sein.

Capítulo sexto

Al día siguiente, y antes del regreso de Max, Mix escuchó cómo el ratón descendía de la parte alta del librero y se acercaba a su lugar junto al calefactor.

– ¿Hoy no hablas, ratón? – consultó Mix.

– En efecto, estoy en silencio, parado sobre mis patas traseras y moviendo los bigotes porque me siento triste, señor gato, muy triste, soy el ratón más triste del mundo. ¡Oh, qué tristeza tan grande! ¿Te gustaría saber los motivos de mi tristeza? Y te anticipo que son dos.

– Algo me dice que me los dirás aunque no te pregunte.

– En efecto, así es. El primer motivo de mi tristeza es que no tengo nombre. Tú te llamas Mix, el joven humano que te alimenta se llama Max, pero yo no tengo nombre, soy nada más que ratón, y si dices ratón en voz alta, millones de ratones pensarán que hablas con ellos y no conmigo. ¡Quiero tener un nombre!

Sin abrir los ojos, Mix supo que ese pequeño roe-

3 **descender:** heruntersteigen. | 4 **el calefactor:** Heizlüfter. | 5 **consultar:** hier: fragen. | 6 **parado/a** (Am.): (aufrecht) stehend. | 7 **trasero/a:** Hinter…, Rück… | 10 **anticipar:** vorwegnehmen. | 21 f. **el roedor:** Nagetier, Nager (*roer:* nagen).

dor de vocecilla chillona tenía razón. Cuando alguna persona visitaba a Max y al verlo se dirigía a él llamándolo gato, «ven aquí, gato», por muy grata que fuera su voz no tenía el mismo calor de la voz de Max al decir su nombre. Bastaba con que dijera «Mix» para sentir la invitación a acercarse, a compartir la compañía, la alegría o el silencio.

– Como has dicho que eres un ratón mexicano, me gustaría llamarte Mex. ¿Estás de acuerdo, Mex? – propuso Mix.

– ¡Es un nombre espléndido! En efecto, Mex es el nombre que siempre quise tener. Señor gato, me has quitado una de mis tristezas … ¿te puedo decir la segunda?

Mix asintió con un suspiro y Mex, eufórico con su reciente nombre, empezó una perorata sobre los aromas sabrosos, deliciosos, que se sentían en el aire, causados por alimentos que estaban muy lejos de su alcance.

– Mex, ¿qué tal si vas al grano? – propuso Mix.

– En efecto, a eso voy. En la alacena hay una caja de

1 **la vocecilla** (dim.): *la voz.* | **chillón, -ona:** schrill. | 3 **grato/a:** angenehm. | 15 **asintir:** zustimmen, einwilligen. | **el suspiro:** Seufzer (*suspirar:* seufzen). | 16 **la perorata:** Tirade, langweilige Rede. | 17 **sabroso/a:** schmackhaft. | 19 **el alcance:** Reichweite. | 20 **ir al grano** (fig.): zur Sache kommen, auf den Punkt kommen.

cereales deliciosos, más que deliciosos, superdeliciosos, sabrosos, más que sabrosos, sabrosísimos, crujientes, con rojas frutas del bosque, pero no puedo llegar hasta ellos porque la caja está en la parte más alta de la alacena. Y se notan tan sabrosos. ¡Ay, qué tristeza! – se quejó Mex.

– Mex, dime qué hay encima del radiador de calor – lo interrumpió Mix.

El ratón respondió que una ventana, sobre el alféizar dos plantas muy verdes, y más allá de los vidrios estaba la calle. Entonces, Mix le pidió que trepara al alféizar y le contara todo lo que veía al otro lado de la ventana.

Mex obedeció, y empezó a describirle la calle blanca, pues durante la noche había nevado, contó los nidos de urracas de los árboles más cercanos, indicó que las ramas estaban sin hojas pero no tristes porque el frío las había congelado y se veían como figuras de cristal. Indicó que un hombre caminaba dejando profundas huellas en la nieve, que una mujer tiraba del carrito de las compras con gran dificultad y que las bicicletas de los carteros descansaban como flacos ani-

2 f. **crujiente:** knusprig. | 5 **notarse:** auffallen; hier: aussehen. | 14 **obedecer:** gehorchen. | 18 **congelar:** einfrieren, gefrieren lassen. | 20 **la huella:** Spur. | **tirar de algo:** (an) etwas ziehen. | 21 **el carrito (de las compras):** Einkaufswagen. | 22 **flaco/a:** dünn; schwach.

males amarillos frente a la oficina del correo. Mix escuchaba atentamente y la vocecilla de su nuevo amigo le permitía ver nuevamente el horizonte de techos cubiertos de nieve, el humo escapando de las chimeneas, los autos que avanzaban lentamente sobre la blanca alfombra del invierno. El ratón llevó hasta sus ojos inútiles una felicidad jamás olvidada y cuando dijo que lejos, muy lejos, se veían dos enormes cebollas coronando unas torres, Mix supo que se refería a las cúpulas de la iglesia de las Mujeres, esas torres a las que todos los gatos de Múnich soñaban con trepar.

– Y del cielo empiezan a caer unos copos de nieve que se ven como cereales de los más sabrosos, deliciosos, ricos, muy ricos, más que ricos – concluyó el ratón entre suspiros.

– Vamos a la alacena – dijo Mix y, una vez ahí, pidió a su amigo Mex que le indicara la balda sobre la que estaba la caja de cereales.

Siguiendo las instrucciones del ratón trepó de un salto hasta la plataforma que sostenía el anaquel de tres baldas, sintió el aroma de las manzanas, mandarinas y nueces de la frutera, y estiró su cuerpo hasta que

9 **coronar:** krönen. | 10 **la iglesia de las Mujeres:** die Liebfrauenkirche. | 12 **el copo (de nieve):** (Schnee-)Flocke. | 14 **concluir:** schließen, (be)enden. | 17 **la balda:** Regalbrett. | 20 **sostener:** (fest)halten, stützen. | **el anaquel:** Regal(brett). | 22 **la nuez:** Walnuss. | **la frutera:** *el frutero:* Obstschale.

sus patas delanteras dieron con la caja de cereales y la hizo caer. Con otro salto bajó y, ya en el suelo, con una pata delantera sostuvo la caja, metió la otra en la abertura y sacó una generosa porción de copos crujientes.

– En efecto, son los cereales más sabrosos, no creo que haya otros más deliciosos, muy deliciosos, superdeliciosos – repetía el ratón parado sobre sus patas traseras mientras con las delanteras sostenía y roía con avidez un copo.

Mix lo escuchaba comer entre suspiros. Los amigos de verdad también comparten las pequeñas cosas que alegran la vida.

1 **dar con algo:** auf etwas stoßen/treffen, etwas finden. | 4 **la abertura:** Öffnung. | 10 **la avidez:** Begierde, Gier.

Capítulo séptimo

Max regresó poco después del mediodía. Mix sintió sus pasos en el pasillo, abrir la puerta y el tintineo de las llaves al dejarlas en el vaciabolsillos que había en una mesa de arrimo. Luego sintió la respiración de Max mientras se quitaba las botas húmedas de nieve.

– ¡Qué hambre tengo, Mix! – dijo Max dirigiéndose a la cocina, y al ver la caja de cereales en el suelo, agregó –: Vaya, parece que alguien ha hecho una travesura en la alacena. Me pregunto quién habrá sido, aunque sospecho de cierto amigo peludo y de perfil griego.

Como siempre, Mix se acercó ronroneando y se echó panza arriba a los pies de su amigo.

– Es peligroso lo que has hecho, Mix – dijo Max acariciando la panza del gato. – Pero si te gustan los cereales, te daré cada día una porción de postre – señaló.

Mix pensó que a su manera, sin palabras, había dicho la verdad, pero de inmediato se sintió triste por-

3 **el tintineo:** Klingeln, Geklingel. | 4 **el vaciabolsillos:** Schlüsselablage, kleine Schale (zum Ausleeren der [Hosen-]taschen) (*vaciar:* leeren). | 5 **la mesa de arrimo:** Ablagetisch (*el arrimo:* Stütze). | 10 **la travesura:** Streich, Jux, Unsinn. | 12 **peludo/a:** behaart. | 18 **señalar:** signalisieren, anzeigen; hier: sagen, verkünden. | 20 **de inmediato:** sofort.

que esa verdad ocultaba un engaño y a los amigos nunca, jamás, se les engaña.

Max vio a su gato ciego acercarse hasta el librero. Ahí se sentó y maulló con sus ojos inútiles orientados hacia la parte más alta.

– ¿Un libro? ¿Para qué quieres un libro, Mix? Tú no sabes leer y además …

Por toda respuesta el gato ciego se paró sobre las patas traseras apoyando las delanteras en los libros de la parte baja y maulló sin dejar de indicar con la cabeza hacia la altura.

– Fenimore Cooper, *El último mohicano* – leyó Max, y Mix siguió maullando.

Max fue leyendo los títulos ordenados en la balda más alta del librero: Jack London, *Colmillo Blanco*; Mark Twain, *Las aventuras de Huckleberry Finn*; Selma Lagerlöf, *El maravilloso viaje de Nils Holgersson*; Michael Ende, *La historia interminable* … y a medida que se acercaba al extremo izquierdo los maullidos de Mix se tornaban más dulces, más alegres.

Así, llegó hasta el lomo de un libro grueso y de ta-

1 **ocultar:** verbergen. | **el engaño:** Betrug, Täuschung. | 8 **pararse** (Am.): sich aufrichten, aufstehen. | 9 **apoyar en:** aufstützen auf, lehnen an. | 18 f. **a medida que:** in dem Maße wie. | 19 **el maullido:** Miauen. | 21 **grueso/a:** dick. | 21 f. **la tapa:** Deckel; hier: Buchdeckel (*tapar:* be-, abdecken, zuhalten).

pas azules, Julio Verne, *Veinte mil leguas de viaje submarino*. Entonces Mix se echó una vez más panza arriba, ronroneando a los pies de su amigo, y cuando Max retiró el libro tuvo que parpadear varias veces para dar crédito a lo que veía. En un nido construido con trocitos de papel, un diminuto ratón de color marrón claro se cubría los ojos con las patitas delanteras.

Mix ronroneaba frotando su cuerpo en las piernas de su amigo.

– Vaya, así que tenemos un invitado. Cuando yo era niño, también me tapaba los ojos para ser invisible. ¿No pensarás comerte a este pobre ratón? – dijo Max, pero de inmediato recordó la caja de cereales en el suelo de la cocina. – Mix, ¿los cereales eran para el ratón?

Max tomó con cuidado al tembloroso y diminuto ratón, lo dejó en el suelo, y vio como éste corría a refugiarse bajo el cuerpo del gato.

– Me alegra que tengas un nuevo amigo, Mix. Así no te sentirás solo, pues yo tendré que hacer otros viajes en los próximos días. A partir de ahora somos

1 **la legua:** (See-)Meile. | 4 **parpadear:** blinzeln. | 5 **dar crédito a algo:** einer Sache Glauben schenken. | 18 f. **refugiarse:** Zuflucht suchen, sich in Sicherheit bringen (*el refugio:* Zuflucht, Schutz).

tres en esta casa – dijo Max, y a continuación puso un pequeño plato junto al de Mix. En uno echó una generosa porción de pienso con sabor a pescado y en el otro una también generosa porción de cereales.

1 **a continuación:** dann, anschließend.

Capítulo octavo

Cuando terminó el invierno y los días empezaron a ser más largos, Max encontró el empleo que quería. El primer día salió de casa muy contento y antes de cerrar la puerta acarició el lomo de Mix y la pequeña cabeza de Mex.

– Deséenme suerte, amigos. Hoy empiezo a mostrar todo lo que sé y todo lo que puedo hacer – dijo antes de salir.

El pequeño ratón trepó al alféizar de la ventana y desde ahí narró a su amigo lo que veía.

– En efecto, acaba de dejar la bolsa de basura en el contenedor y ahora quita la cadena de la bicicleta, de la mejor bicicleta de todas, de la superbicicleta, y empieza a pedalear, ¡oh, con qué fuerza pedalea! ¡Ése es nuestro Max! – exclamó jubiloso Mex.

Mix quiso saber cómo estaba el cielo, y la calle, y la hierba del antejardín.

– El cielo está claro, transparente, no se ven nubes, en la calle hay muchos autos y bicicletas, gentes que se saludan, y entre la hierba empiezan a crecer unas

3 **el empleo:** Arbeit. | 7 **la suerte:** Glück. | 7f. **mostrar:** zeigen. | 11 **narrar:** erzählen. | 13 **la cadena:** hier: Sicherheitskette, Kettenschloss. | 15 **pedalear:** in die Pedale treten. | 16 **exclamar:** (aus)rufen. | **jubiloso/a:** jubelnd.

pequeñas flores blancas que se ven como deliciosos copos de cereal …

Y contó también que las ramas de los castaños estaban llenas de brotes que pronto serían hojas verdes, y que en el nido de la urraca se asomaban las cabezas de tres polluelos que en pocas semanas se adueñarían del aire en sus primeros vuelos.

Las horas de la mañana pasaron muy tranquilas. Mix echado en su lugar favorito, y en el alféizar de la ventana Mex parado en dos patas describía todo lo que acontecía.

Casi al mediodía los dos amigos se sobresaltaron con el ruido de unos pasos que se detenían junto a la puerta. Primero pensaron en Max, tal vez había olvidado algo, pero Mix dijo que ésos no eran los pasos seguros y alegres de Max. Eran diferentes, sigilosos, desconfiados, y se sobresaltaron mucho más al sentir el ruido metálico de un manojo de llaves.

– ¡Ay, qué miedo! Te dije que soy un ratón muy cobarde, el más cobarde de los ratones – gritó Mex buscando refugio entre las patas de su amigo.

5 **asomarse:** sich zeigen, erscheinen. | 6 **el polluelo:** Küken. | 11 **acontecer:** sich ereignen. | 12 **sobresaltarse con:** zusammenfahren bei, sich erschrecken wegen. | 16 **sigiloso/a:** geheim(nisvoll), diskret. | 17 **desconfiado/a:** misstrauisch, argwöhnisch. | 18 **el manojo de llaves:** Schlüsselbund.

– Sea quien sea, está intentando abrir la puerta. Debemos hacer algo, Mex. Una vez oí hablar de gentes que entran en las casas y se llevan las cosas. Se llaman ladrones – indicó Mix.

– En efecto, es un ladrón que quiere robarnos. ¡Qué miedo tan grande! ¿Y qué podemos hacer nosotros, un gato ciego y un ratón cobarde? – dijo Mex, pero siguió a su amigo hasta la puerta mientras el ruido de diferentes llaves que trataban de entrar en la cerradura les hacía sentir un frío muy diferente al frío del invierno.

– ¡Algo debemos hacer, Mex! – enfatizó Mix, y los dos apoyaron sus cuerpos contra la puerta, hasta que Mex, sin dejar de gritar que tenía miedo, mucho miedo, corrió hasta la mesilla de centro, empujó el mando a distancia del televisor hasta hacerlo caer y, sin cesar de manifestar su miedo, empezó a saltar sobre el teclado.

Justo en el momento en que un clic indicaba que el ladrón había dado con la llave adecuada, la voz canta-

9 f. **la cerradura:** Schloss. | 12 **enfatizar:** betonen. | 15 **la mesilla de centro:** Couchtisch. | **empujar:** drücken; hier: schieben (*el empujón:* Stoß, Schubs). | 15 f. **el mando a distancia:** Fernbedienung. | 17 **cesar de hacer algo:** aufhören etwas zu tun. | 18 **el teclado:** Tastatur. | 20 f. **la voz cantarina:** singende Stimme (*cantarín, -ina:* sangesfroh).

rina de una mujer que saludaba el inicio de la primavera llenó todos los rincones de la casa.

Mix dejó de empujar la puerta con su cuerpo al oír los pasos que se alejaban a la carrera y llamó a su amigo.

– Muy bien, Mex. ¡Muy bien pensado! Lo hemos engañado.

Los amigos cuando están unidos no pueden ser vencidos.

1 **el inicio:** Beginn, Start. | 2 **el rincón:** Ecke, Winkel. | 4 **a la carrera** (Am.): im Eiltempo, hastig. | 7 **engañar:** hier: überlisten. | 8 **unido/a:** vereint.

Capítulo noveno

Max nunca supo que ese gato viejo y ciego, junto con el diminuto ratón de piel marrón pálida y una franja blanca en la espalda, habían defendido el hogar y engañado a un ladrón.

Mix y Mex solían recordar su aventura con una mezcla de alegría y miedo, aunque el ratón insistía en resaltar su participación en lo que había ocurrido.

– En efecto, amigo Mix, yo tenía miedo, mucho miedo, porque creo haberte dicho que soy un ratón muy cobarde, pero también te dije que soy listo, muy listo, oh, sí, soy el más listo de los ratones, y al pensar en que el ladrón robaría la alacena … ¡ay! Eso sí que habría sido terrible, más que terrible, superterrible …

Mix, acostumbrado ya a la locuacidad de su pequeño amigo, lo dejaba dar una y cien versiones de la misma historia.

Una mañana de sol muy radiante, Mex quiso saber para qué servía la escalera que había en el baño.

Paciente, Mix le explicó que llevaba bastante tiempo sin pensar en esa escalera y en la trampilla del te-

6 **soler hacer algo:** etwas zu tun pflegen, gewöhnlich tun. | 7 **la mezcla:** Mischung. | 15 **la locuacidad:** Geschwätzigkeit, Redseligkeit. | 18 **radiante:** strahlend. | 20 **paciente:** geduldig. | 20 f. **llevar bastante tiempo sin hacer algo:** etwas schon ziemlich lange nicht mehr getan haben.

cho que, con los goznes muy bien lubricados, se abría con apenas un leve empujón hacia arriba. Y mientras lo hacía, por primera vez sintió que la ceguera había puesto fin a su amada libertad de gato.

– En efecto, me pregunto, sin ánimo de molestar, si no te gustaría que diéramos un paseo, un corto paseo, muy corto, cortísimo, por el techo de la casa. Un buen paseo es lo mejor para el apetito – agregó el ratón.

Antes de responder, Mix recordó con cuánta facilidad subía la escalera y qué alegría lo embargaba cuando sus pulmones se llenaban de aire fresco, frío en los inviernos y refrescante en los veranos.

– No puedo ni debo hacerlo. No sabría dónde poner las patas, y aunque se dice que los gatos siempre caemos de pie, no creo que caer desde tan alto sea lo más recomendable. ¿Qué sería entonces de ti? No podrías abrir la trampilla para volver a entrar.

El ratón se quejó indicando que sería muy desdichado, enormemente desdichado, que sería el más infeliz de los ratones solo y abandonado en el techo, y

1 **el gozne:** Scharnier, Türangel. | **lubricar:** (ein)schmieren, (ein)ölen. | 2 **leve:** leicht. | 4 **poner fin a algo:** etwas beenden, einer Sache ein Ende setzen. | 10 **embargar:** in Beschlag nehmen; hier: überkommen. | 11 **el pulmón:** Lunge. | 16 **recomendable:** empfehlenswert. | **¿Qué sería entonces de ti?:** Was würde dann aus dir werden? | 18 f. **desdichado/a:** unglücklich.

mientras lo decía, parado sobre las patas traseras, movía las delanteras frente a los ojos mustios del gato.

– En efecto, sería terrible, pero tú eres fuerte, Mix, y yo veo muy bien, tengo unos ojos estupendos, mejor que estupendos, unos superojos. Yo podría ver lo que tú no ves …

Al escuchar a su amigo, Mix sintió que sus músculos se ponían tensos, que un extraño calor se apropiaba de su cuerpo y su rabo se movía con la excitación de la aventura.

Los amigos de verdad se ayudan para superar cualquier dificultad y así, cuando llegaron al último peldaño de la escalera, el pequeño ratón, agarrado a los pelos del cuello del gato, le informó que estaban casi rozando la trampilla.

Mix empujó con la cabeza y el aire le devolvió una alegría que creía perdida.

– Mex, dime qué ves.

– Veo un techo enorme, más que enorme, debe de ser el techo más grande del mundo, y hay unos tubos que se alzan alto, muy alto, y en el cielo veo un pájaro que vuela rápido y deja dos líneas blancas como algo-

2 **mustio/a:** traurig. | 8 **tenso/a:** (an)gespannt. | 8 f. **apropiarse de:** sich bemächtigen. | 9 **excitación:** Erregung, Aufregung. | 11 **superar:** überwinden. | 12 f. **el peldaño:** (Treppen-)Stufe, Sprosse. | 13 **agarrarse a:** sich festhalten/festklammern an. | 15 **rozar:** (leicht) berühren, streifen. | 20 **el tubo:** Röhre.

dones, aunque si las miro con atención, más que algodones parecen dos líneas de crema blanca y dulce. ¡Oh! En efecto, son dos líneas de esa crema deliciosa, muy deliciosa, que había en la tarta de cumpleaños de Max …

Los dos amigos exploraron el techo, Mix apoyaba sus patas siguiendo los consejos de Mex, que, muy aferrado a los pelos de su cuello, le indicaba la juntura de las tejas, la cercanía del borde y el canalillo de desagüe lleno de hojas secas y de polvo.

– ¿Estamos muy cerca del borde, Mex?

– Oh, sí, en efecto, nos acercamos al borde y abajo se ven los contenedores de basura. Mejor retrocedemos un poco, Mix.

Para los gatos el techo es un territorio sin límites y siempre lleno de sorpresas, porque la lluvia, el viento y la nieve se encargan de traer y llevar olores nuevos y misteriosos. En el techo los gatos se mueven con entera soltura, dejan de lado el sigilo y, sin proponérselo, se convierten en animales majestuosos.

8 **la juntura:** Fuge, Verbindungsstelle (*juntar:* zusammenbringen, verbinden). | 9 **la teja:** Dachziegel. | **la cercanía:** Nähe. | **el borde:** Rand, Kante. | 9 f. **el canalillo de desagüe:** Dach-, Abwasserrinne. | 13 f. **retroceder:** zurückgehen, -weichen. | 17 **encargarse de algo:** etwas übernehmen, sich um etwas kümmern. | 19 **la soltura:** Gewandtheit, Geschicklichkeit. | **el sigilo:** Verschwiegenheit, Diskretion; hier: Zurückhaltung.

– Mex, los contenedores, si recuerdo bien, están en un pasillo y más allá sigue otro techo, ¿verdad? – En efecto, más allá sigue otro techo y luego otro más y otro más ...

– ¿Quieres volar, amigo?

– ¡Oh, sí! Volar, siempre he querido ser un ratón volador, el ratón más volador del mundo, pero no tenemos alas ... ¡qué tristeza tan grande es no tener alas!

Mix pidió a su amigo que lo escuchara atentamente, que lo observara desde los bigotes hasta la punta del rabo y le dijera cuántas veces su propio cuerpo los separaba del otro techo. El ratón bajó de su cuello y se alejó varios pasitos para mirar mejor y hacer lo que le pedía.

– Yo diría que si juntamos seis gatos como tú, seis gatos fuertes y grandes uno detrás del otro, haríamos un puente que nos dejaría ir al otro techo. ¡Ay, qué tristeza! Veo un solo, Mix, así que nos faltan otros cinco.

Mix, el gato ciego de perfil griego, avanzó con cautela hasta que sus patas delanteras tocaron el borde del techo. Palpó el vacío y luego retrocedió con los mismos movimientos precisos.

7 **volador, -ora:** fliegend, Flug... | 21 f. **la cautela:** Vorsicht. | 23 **el vacío:** Leere, Lücke.

– Y ahora, Mex, ¿cuántas veces mi propio cuerpo nos separa del borde?

– Dos veces, Mix. En efecto, del lugar donde estamos hasta el pasillo hay dos veces Mix, sin contar tus bigotes que quedaron muy en el aire cuando fuiste hasta el borde.

– Sube, amigo. Y agárrate bien.

Cuando el pequeño ratón se acomodó en su cuello, con las manitas muy fuertemente aferradas a los pelos bajo sus orejas, Mix movió el rabo con energía, dejó que un calor lejano recorriera sus músculos, casi reptando se acercó hasta el límite entre el techo y el vacío, con movimientos lentos encogió el cuerpo sobre las patas traseras, esperó a que toda la energía que lo hermanaba a los felinos mayores, al tigre, al león y al jaguar, lo invadiera, y entonces saltó, estirando el cuerpo como una saeta.

Fue un vuelo corto, pero Mix sintió el aire que pasaba por su cara, la elegancia de sus patas delanteras listas para apoyarse, la embriagadora libertad de saberse aún capaz de saltar de un techo a otro, y al

11 **recorrer:** durchlaufen. | 12 **reptar:** kriechen, robben. | 13 **encoger:** zusammenziehen. | 15 **hermanar:** verbinden, vereinen (*hermanarse:* sich verbrüdern). | **el felino:** (Raub-)Katze. | 16 **invadir a alg.:** jdn. überkommen, befallen. | 17 **la saeta:** Pfeil. | 20 **(estar) listo/a para hacer algo:** bereit (sein) etwas zu tun. | **embriagador, -ora:** berauschend.

sentir nuevamente una superficie sólida bajo las patas, agradeció al pequeño ratón que le prestaba sus ojos.

1 **la superficie:** (Ober-)Fläche.

Capítulo décimo

Max, Mix y Mex vivieron varios años en ese piso de Múnich. A veces, un cartero, mientras aparcaba su bicicleta amarilla, miró hacia la altura y creyó ver a un gato de perfil griego sentado al borde del techo junto a lo que le pareció un animalito de peluche. En otras ocasiones, la vendedora de tulipanes del mercadillo de los sábados, que solía suspirar mirando al cielo, se estremeció con el salto de un gato de pecho blanco y lomo negro que volaba de un techo a otro llevando sobre el cuello un extraño adorno color marrón pálido. Y en el bar de la plaza un deshollinador de chimeneas enteramente vestido de negro, mientras colgaba del perchero su sombrero de cilindro y ordenaba una pinta de cerveza, dijo: «Amigos, no sé si estoy viendo cosas raras, pero en el techo de una casa me ha parecido ver a un gato de perfil griego y a un ratón mirando la puesta de sol, y lo más curioso es que el gato parecía

6 **el peluche:** Plüsch(tier). | 9 **estremecerse con:** zusammenfahren, erschauern bei. | 11 **el adorno:** Schmuck. | 12 **el deshollinador (de chimeneas):** Schornsteinfeger. | 14 **el perchero:** Garderobe, Garderobenhaken. | 14 f. **la pinta:** Pint; (in Großbritannien übliches) Maß für Bier, 1 pt entspricht etwa 0,5 l; gemeint ist hier ein Halbliterkrug. | 18 **curioso/a:** hier: seltsam.

escuchar atentamente al ratón. Venga esa cerveza, que me la he ganado».

Durante el tiempo, largo o breve, eso no importa pues la vida se mide por la intensidad con que se vive, que el gato y el ratón compartieron, Mix vio con los ojos de su pequeño amigo y Mex se hizo fuerte con el vigor que emanaba de su amigo grande.

Y los dos fueron felices, porque sabían que los amigos de verdad comparten lo mejor que tienen.

1 f. **Venga esa cerveza, que me la he ganado:** etwa: Und jetzt das Bier, ich habe es mir verdient. | 4 **medir:** messen. | 7 **el vigor:** Kraft. | **emanar de:** strömen aus, ausgehen von.

Editorische Notiz

Der spanische Text folgt der Ausgabe: *Luis Sepúlveda, Historia de Mix, de Max y de Mex*, Barcelona: Editorial Espasa, 2012. Die Illustrationen sind der im selben Jahr im Verlag Ugo Guanda erschienenen italienischen Ausgabe entnommen: *Storia di un gatto e del topo che diventò suo amico*.

Das Glossar enthält alle Wörter, die nicht im *Thematischen Grund- und Aufbauwortschatz Spanisch* von José María Navarro und Axel J. Navarro Ramil (Stuttgart: Klett, 2001) enthalten sind. Dabei wird der Grundwortschatz als bekannt vorausgesetzt; Wörter, die zum Aufbauwortschatz zählen, sind in der Regel hier erklärt. Allerdings wurde bei auch vom Deutschen oder Englischen her verständlichen Wörtern auf eine Erklärung verzichtet. Dieser sprachlich relativ einfache Text richtet sich auch an Leser mit eher geringen Spanischkenntnissen.

Im Glossar verwendete spanische Abkürzungen

alg.	alguien, alguno (jemand)
Am.	Americanismo (Amerikanismus: nur in Lateinamerika gebräuchlich)
dim.	diminutivo (Verkleinerungsform)
fam.	lenguaje familiar (umgangssprachlich)
fig.	sentido figurado (sinnbildlich, übertragen)
pl.	plural (Plural)

Werke von Luis Sepúlveda

Cuaderno de viaje. [*Kurzprosa.*] Alcalá de Henares / Madrid: Alcalá. Fundación Colegio del Rey, 1986.

Un viejo que leía novelas de amor. [*Roman.*] Gijón: Ediciones Júcar, 1989, Santiago de Chile: Editorial Emisión, 1989, Barcelona: Tusquets, 1993. – Dt.: *Der Alte der Liebesromane las.* Übers. von Gabriela Hofman-Ortega Lleras. Frankfurt a. M.: Fischer Taschenbuch Verlag, 1991. München: Hanser, 2000. München: dtv, 2002. – Film: fildebroc, Paris, 2001.

Mundo del fin del mundo. [*Roman.*] Santiago de Chile: Editorial Emisión, 1989. Dénia: Publicaciones «Juan Chabás», Ayuntment de Dénia, 1990. Barcelona: Tusquets, 1994. – Dt.: *Die Welt am Ende der Welt.* Übers. von Fritz Rudolf Fries, Frankfurt a. M.: Fischer Taschenbuch Verlag, 1992.

Nombre de torero. [*Roman.*] Barcelona: Tusquets, 1994. – Dt.: *Die Spur führt nach Feuerland.* Übers. von Harry Stürmer, Hamburg: Schwarze Risse / Libertäre Assoziation, 1997.

Komplot I – antología irresponsable. [*Erzählungen.*] México D. F.: Joaquín Mortiz, 1995.

Patagonia Express. [*Erzählungen.*] Tusquets: Barcelona, 1995. – Dt.: *Patagonien Express.* Übers. von Willi Zurbrüggen. Frankfurt a. M.: Fischer Taschenbuch Verlag, 1998.

Historia de una gaviota y del gato que le enseñó a volar. [*Kinderbuch.*] Barcelona: Tusquets, 1996. – Dt.: *Wie Kater Zorbas der kleinen Möwe das Fliegen beibrachte.* Übers. von Willi Zurbrüggen. Frankfurt a. M.: Fischer Schatzinsel, 1997. – Hörbuch: Schwäbisch Hall: Steinbach Sprechende Bücher 1999. – Film: Laterna Magica, Italien, 1998.

Diario de un killer sentimental. [*Erzählung.*] Zuerst in: *Juegos de la intriga.* [*Anthologie.*] Barcelona: Espasa Calpe, 1997. Barcelona: Tusquets, 1998. – Dt.: *Tagebuch eines sentimentalen Killers.* Übers. von Willi Zurbrüggen. München: Hanser 1999. – Hörbuch: Berlin: Solo, 2000 (Christian Brückner liest).

Desencuentros. [*Erzählungen.*] Barcelona: Tusquets, 1997. – Dt.: *Wie man das Meer sehen kann.* Übers. von Willi Zurbrüggen. München: Hanser, 2002.

Historias marginales. [*Kurzprosa.*] Barcelona: Seix Barral, 2000.

Hot Line. [*Erzählung.*] Barcelona: Ediciones B, 2002.

La locura de Pinochet y otros artículos. [*Artikel und Kurzprosa.*] Gijón: Literastur, 2002.

Raccontare, resistere. Conversazioni con Bruno Arpaia. [*Gepräche mit dem Autor.*] Parma: Guanda, 2002.

Moleskine. [*Artikel und Kurzprosa.*] Barcelona: Ediciones B, 2004.

Los peores cuentos de los hermanos Grim (mit Mario Delgdo Aparaín). [*Briefroman.*] Barcelona: Roca, 2004. Buenos Aires: Seix Barral, 2004.

Los calzoncillos de Carolina Huechuraba. [*Artikel und Kurzprosa.*] Santiago de Chile: Aún creemos en los sueños, 2006.

La lámpara de Aladino. [*Erzählungen.*] Barcelona: Tusquets, 2008.

La sombra de lo que fuimos. [*Roman.*] Madrid: Espasa Calpe, 2009.

Últimas noticias del Sur. Mit Fotografien von Daniel Mordzinski. [*Reisereportage.*] Barcelona: Espasa Calpe, 2009.

Historia de Mix, de Max, y de Mex. [*Kurzroman.*] Madrid: Espasa Calpe, 2012. – Dt.: *Wie der Kater und die Maus trotzdem Freunde wurden.* Übers. von Willi Zurbrüggen. Frankfurt a. M.: Fischer KJB, 2014. – Hörbuch: Frankfurt a. M.: Sauerländer Audio, 2014.

Nachwort

Endlich, eine zweite Katzengeschichte von Luis Sepúlveda. Wieder geht es um Freundschaft, die auch die größten Hindernisse überwinden kann. Das gilt für den erblindeten Münchener Kater Mix, dem ausgerechnet eine Maus zum Freund wird, genauso wie für Zorbas und die anderen Hamburger Hafenkatzen, die einst einer Möwe das Fliegen beibrachten (*Historia de una gaviota y del gato que le enseñó a volar*).

Wer ist der Schöpfer dieser Geschichten, die Klein und Groß erfreuen?

Geboren wurde Luis Sepúlveda am 4. Oktober 1949 in Ovalle, im Norden Chiles. Sein Großvater war als andalusischer Anarchist nach Chile emigriert. Schon kurz nach seiner Geburt zog die Familie in die Hauptstadt Santiago. Obwohl Luis' literarisches Talent sich früh bemerkbar machte, bestand sein Vater auf dem Besuch einer Handelsschule, denn der Sohn sollte Buchhalter werden. Wer das Fabuliertalent dieses Autors kennt, weiß, wie absurd eine solche Vorstellung ist. Wenn er erzählt, erlebt man gleichsam mit, wie seine Literatur entsteht. Genaue Beobachtung, Gespür für Dialoge und ein gutes Maß dichterischer Freiheit verwandeln noch die kleinste Begebenheit in eine Anekdote, später dann in eine Kurzgeschichte, einen Roman, kurz, in ein Stück Literatur. »Ein paar Worte über diese Geschichte« heißt der kleine Zusatz zu *Historia de Mix, de Max y de Mex* und der ist wieder so ein Streich. Luis Sepúlveda erzählt darin, dass ein Wahrsager ihm einmal offenbarte, er sei in einem früheren Leben die Lieblingskatze eines chinesischen Mandarin gewesen. Dem Autor gefällt die Vorstellung, gerade die freiheitsliebenden Katzen seien seine Geistesverwandten und uns Lesern auch. Geflunkert? Geschenkt!

»Romane«, meint Mario Vargas Llosa, »werden nicht geschrieben, um das Leben zu erzählen, sondern um es zu verwandeln, indem man ihm etwas hinzufügt«.[1]

Heute ist Luis Sepúlveda ein umtriebiger Großvater, der die Geschichte von Mix, Max und Mex seinen fünf Enkeln widmet und der vom beschaulichen Gijón aus, im grünen Norden Spaniens, die Welt sehr genau betrachtet. Sepúlvedas Lebensweg aber spiegelt die aufgewühlten Zeiten, die er erlebt hat. Skizziert seien hier lediglich einige Stationen, zwischen denen unzählige Reisen, Begegnungen und politische Einmischungen liegen. Vieles davon ist nachzulesen in seinen Bänden mit Erzählungen und Kolum-

1 Vargas Llosa, Mario: *Die Wahrheit der Lügen*, Suhrkamp 1994, S. 8.

nen *Patagonia Express* (1995), *Desencuentros* (1997), *Historias marginales* (2000), *La locura de Pinochet* (2002) und *La lámpara de Aladino* (2008).

Damals in Chile, so viel steht fest, verbrachte Luis Sepúlveda mehr Zeit in der Nationalbibliothek als in der Handelsschule. Seine Jugend fiel in ein Jahrzehnt großer sozialer Spannungen. Die konservative, noch von Großgrundbesitzverhältnissen geprägte chilenische Gesellschaft polarisierte sich immer mehr. Zur Erinnerung: Im Jahr 1964 unterlag der Sozialist Salvador Allende in den Wahlen noch dem Christdemokraten Frei, der eine Landreform einleitete und langsam begann, die elitären Strukturen zu modifizieren. Zudem blieben globale Entwicklungen in dem Land hinter den Anden nicht ohne Echo: In Kuba hatte die Revolution gesiegt, Ernesto »Che« Guevara war mit der Guerilla in Bolivien, auch in anderen Ländern Lateinamerikas bildeten sich Befreiungsbewegungen, und in vielen Teilen der Welt leiteten die Menschen 1968 einen gesellschaftspolitischen Paradigmenwechsel ein. Wie viele Schriftsteller, Künstler, Intellektuelle und Studenten engagierte sich Luis Sepúlveda in der Unidad Popular, der Volksfrontbewegung, in der sich marxistische und andere linke Gruppen zusammengeschlossen hatten. An ihrer Spitze stand Allende, der 1970 mit einer relativen Mehrheit von 36,6 % die Wahlen gewann. Der Enthusiasmus seiner Anhänger ließ sie ihre knappe Mehrheit übersehen und die Verwirklichung des Traums von einem demokratischen Sozialismus zum Greifen nah erscheinen. Die Künste blühten und hatten für einen Moment den Elfenbeinturm verlassen. Der Staatsverlag Quimantú wurde zum größten Verlag Lateinamerikas und versorgte zum ersten Mal breite Bevölkerungsschichten mit chilenischer und internationaler Literatur. Chiles Literaturnobelpreisträger Pablo Neruda war Botschafter in Paris.

Luis Sepúlveda arbeitete in diesen Jahren in der politischen Aufbauarbeit. Dies bestimmte seinen Alltag in erster Linie. Er war in der kommunistischen Jugend aktiv, sogar kurz mit einem Stipendium in Moskau, wo er wie in Santiago Schauspiel und Dramaturgie studieren wollte, von dort aber schon nach kurzer Zeit desillusioniert zurückkehrte. In Santiago war er an der Universidad de Chile eingeschrieben, gleichzeitig erhielt er kleine Jobs beim Radio, schrieb Hörspiele und veröffentlichte seinen ersten Gedichtband. Er finanzierte die Auflage aus eigener Tasche und vertrieb sie persönlich an Freunde und auf Straßenfesten, wie es besonders unter Lyrikern bis heute üblich ist. Der Titel seines Gedichtbandes *Crepusculario de la tristeza* lässt den Einfluss Nerudas auf die jungen Dichter erkennen. 1970 erschien Luis Sepúlvedas erster Band mit Kurzgeschichten *Crónicas de Pedro Na-*

die, der aber kaum wahrgenommen wurde. Beide Bücher sind seit langem vergriffen.

Der Militärputsch und die Diktatur Pinochets beendeten abrupt und brutal den Aufbruch zu einer anderen, offenen Gesellschaft. Trotz der erheblichen wirtschaftlichen Probleme hatten viele die Jahre der Unidad Popular als große Fiesta erlebt, als Zeit, in der man wusste, wofür man arbeitet und warum man wenig schläft.

Das alles war am 11. September 1973 vorbei. Auch Luis Sepúlveda wurde aufgrund seines politischen Engagements verhaftet. Interviews ist zu entnehmen, dass er über drei Jahre im Gefängnis saß, bevor ein unstetes Exilleben begann, das ihn durch viele Länder Lateinamerikas führte. Sepúlveda gründete Theatergruppen in Ecuador und Nicaragua. 1980 siedelte er nach Deutschland über und blieb über zehn Jahre. Hier war er verheiratet; das chilenisch-deutsche Paar bekam drei Söhne. Einer davon ist Max, der junge Mann, dem die Katze Mix so ans Herz gewachsen war. Nach einer längeren Zwischenstation in Paris – er besitzt seither die französische Staatsbürgerschaft – lebt Luis Sepúlveda ab 1997 und bis heute im spanischen Gijón. Dort organisiert er seit 1998 jedes Jahr den Salón del Libro Iberoamericano, eine Buchmesse, die europäische Verleger für lateinamerikanische Literatur interessieren möchte und ein alternativer Treffpunkt für die verschiedenen Akteure auf dem Buchmarkt sein soll. Immer wieder setzt er sich ein für Schriftstellerkollegen, die in Europa bisher noch kein Gehör gefunden haben. Dazu zählen zum Beispiel die Chilenen Francisco Coloane (1910–2002) und Hernán Rivera Letelier, deren Bücher inzwischen in mehrere Sprachen übersetzt wurden. In seinem italienischen Verlag Guanda betreut er die Reihe »La frontiera scomparsa«, in der zeitgenössische lateinamerikanische Literatur erscheint.

In den letzten Jahren hat sich der Autor immer wieder mit dem Kino beschäftigt. Er schrieb nach den Erzählungen von Coloane das Drehbuch zu Miguel Littins Film *Tierra del fuego* (2000) und war 2002 Autor und Regisseur von *Nowhere*. Beide Filme spielen in Patagonien, jener dünn besiedelten Landschaft im Süden Chiles und Argentiniens, deren Bewohner er in vielen Erzählungen und Romanen und zuletzt in dem Band *Últimas noticias del sur* (2012) porträtiert hat. Es ist ein mit Fotos des Argentiniers Daniel Mordzinski ausgestattetes Buch, die sich genau wie der Text respektvoll den Menschen und Landschaften nähern, dokumentarisch und poetisch zugleich. Es entstand nach mehreren Reisen, die Luis Sepúlveda gemeinsam mit seinem Freund Daniel zwischen 1996 und 2006 unternommen hat, und ist eine sehr empfehlenswerte literarische Reisereportage. Der

Titel spielt darauf an, dass diese ursprüngliche Region, in der das Leben hart und die menschlichen Beziehungen ehrlich sind, im Begriff ist, sich durch die Globalisierung für immer zu verändern. Verloren gegangen ist den Einwohnern einiger Dörfer bereits ihr einziges öffentliches Verkehrsmittel, der mythische Patagonia-Express. Er dient heute als Touristenzug, der nicht von Einheimischen, sondern von Gringos betrieben wird. Es ist ein Schelmenstück, das Sepúlveda von den stolzen alten Eisenbahnern erzählt, die heimlich eine alte Lok flott machen. Während die neuen Herren auf den Schienen Richtung Norden unterwegs sind, laden sie die Dorfbewohner und die beiden Besucher zu einer letzten Fahrt mit dem alten Patagonia-Express Richtung Süden ein.

Als Autor bekannt wurde Luis Sepúlveda mit dem späteren Bestseller *Un viejo que leía novelas de amor.* Obwohl der Kurzroman in Oviedo, Nordspanien, 1988 den Preis »Premio Tigre Juan« erhielt, verkaufte der kleine spanische Verlag Júcar, bei dem das Buch 1989 erschienen war, nur wenige Exemplare. Im selben Jahr, der Autor kehrte nach langem Exil zum ersten Mal nach Chile zurück, überraschten ihn Freunde mit einer schlecht gebundenen chilenischen Ausgabe (Editorial Emisión). Das Land hatte sich gerade mühsam von Pinochet befreit, folgte jedoch dem von der Diktatur eingeführten, neoliberalen Wirtschaftsmodell. Dort passte die ökologisch engagierte Geschichte nicht zum Zeitgeist und wurde erst zum Erfolg, als sich das Buch längst in Europa durchgesetzt hatte. Bis heute wurde *Der Alte, der Liebesromane las*, so der deutsche Titel, in 27 Sprachen übersetzt und hat in der spanischen Tusquets-Ausgabe schon mehr als achtzig Auflagen erlebt.

Un viejo que leía novelas de amor erzählt auf etwas mehr als hundert Seiten die Geschichte von Antonio José Bolívar Proaño, der mit seiner Frau aus einem ecuadorianischen Bergdorf, das ihnen keine Perspektiven mehr bot, aufgebrochen war, um im Amazonasgebiet ein neues Leben zu versuchen. Seine Frau überlebt den Anpassungsprozess nicht, sie stirbt nach zwei harten Jahren sinnlosen Kampfes gegen den Urwald an Malaria. Von den Indianern, den Shuar, lernt der Emigrant Antonio nicht gegen, sondern mit der Natur zu leben. Sie nehmen ihn in ihre Gemeinschaft auf, obwohl beide Seiten wissen, dass er nie ganz zu ihnen gehören wird. Seine Zeit bei den Shuar endet, als Nushiño, der zu seinem engsten Freund geworden ist, von einem Wilderer getötet wird. Antonio soll ihn rächen, damit die Seele des Toten Frieden finde. Er nimmt die Aufgabe an, doch es zeigt sich, dass er die Regeln der Shuar nie ganz erlernen konnte: Nur der Tod durch einen vergifteten Pfeil hätte die Seele des Freundes erlöst, nicht aber der Gewehrschuss, den er am Ende abgibt. Antonio muss mit dieser Schuld leben und verbringt den Rest seines Lebens in El Idilio, einer Siedlung im Niemandsland. Aus der Trostlosigkeit des Ortes flüchtet er sich in die Welt schmalziger Liebesromane, mit denen der Zahnarzt ihn versorgt, wenn er zweimal im Jahr das Dorf besucht. Sepúlveda hat die Welt des Amazonas 1978 auf einer Expedition, die von der UNESCO unterstützt wurde, kennengelernt und einige Zeit mit den Shuar verbracht. Der Roman ist dem Indígena-Führer Miguel Tzenke und Chico Mendes, dem ermordeten brasilianischen Gewerkschafter und Ökologen, gewidmet, denn ihre Anliegen, der Erhalt des Regenwaldes und der Respekt vor der Lebensweise der Shuar, spielen auch in dieser Geschichte eine Hauptrolle. Sepúlveda beschreibt darin den seit Sarmiento (Argentinien 1811–88) zum Topos gewordenen Konflikt zwischen »civilización y barbarie« aus einer in der lateinamerikanischen Literatur neuen Perspektive. Die großen Romane, von Riveras *La vorágine* bis zu Carpentiers *Los pasos perdidos* und Donosos *Casa de campo*, haben die gewaltige Natur des Kontinents und jene, die im Einklang mit ihr leben, immer als feindlich und unzivilisiert dargestellt. In der Geschichte des *Alten* aber soll deutlich werden, dass es sich anders verhält: Indem die Shuar den Regenwald achten – das ist in ihren Augen natürlich und

»zivilisiert« – sichern sie für uns alle die Zukunft des Planeten.

Mundo del fin del mundo, 1989 mit ähnlichem Schicksal wie *Un viejo* ... in Chile erschienen, dann 1994 von Tusquets aufgelegt, ist ein kurzer Abenteuerroman, der ökologische Themen mit Krimi-Elementen mischt. Er nimmt in Deutschland seinen Ausgang und endet mit einem dramatischen Entscheidungskampf in Patagonien, bei dem Wale die Protagonisten sind. Sie drängen einen Seemann sanft ab, der sich in blinder Wut über die Zerstörung seines Lebensraumes einem japanischen Walfängerschiff genähert hatte und bringen ihn so außer Gefahr. Dann greifen sie in selbstmörderischer Weise das Schiff an, lassen es aber beschädigt entkommen. Bis heute sind noch vier weitere Bücher erschienen, die dem Krimi-Genre zuzuordnen sind. *Nombre de torero* von 1994 (dt. *Die Spur führt nach Feuerland*, 1997) ist ein ausgereifter Kriminalroman, der im Jahr 1991 spielt und chilenische und deutsche Geschichte miteinander verknüpft: Deutschland nach dem Mauerfall, Chile nach Pinochet, der Ich-Erzähler und Anti-Held ein Ex-Guerillero, der viele Schlachten geschlagen und verloren hat, sein Kontrahent ein Ex-DDR-Geheimdienstler, die Orte der Handlung Deutschland und Patagonien. In *Diario de un killer sentimental* (1997, dt. *Tagebuch eines sentimentalen*

Killers, 1999) hingegen spielt Sepúlveda mit dem Genre des *roman noir*. Die Parodie liegt vor allem in der Verknappung der Handlung um den Killer, dem seine untreue französische Braut nicht aus dem Kopf geht, und der zu allem Übel auch noch Sympathien für sein mexikanisches Opfer entwickelt. Die Erzählung ist nicht an Realitätsnähe, sondern an einem Spiel mit literarischen Versatzstücken und stilistischen Mitteln interessiert. Filmreife Dialoge machen den Text zu einer kurzweiligen Lektüre. *Hot Line* von 2002 beschäftigt sich mit der Situation von Exilierten, die in den 1990er Jahren ins nun demokratische Chile zurückkehren und nicht gerade mit offenen Armen empfangen werden. Zu sehr erinnert ihre bloße Gegenwart daran, dass noch viele Wunden offen sind. »Weder vergessen noch verzeihen«, dieses Motto prägt Luis Sepúlvedas Verhältnis zu seinem Heimatland. Er ist ein scharfer Kritiker der neuen chilenischen Gesellschaftsordung, deren Demokratie auf einem Konsens beruht, der das Vergessen der Vergangenheit zur Bürgerpflicht erhoben hat. Der Roman *La sombra de lo que fuimos* von 2009 porträtiert drei alt gewordene Rückkehrer aus dem Exil, sie halten für die Leser sehr persönliche Geschichtsstunden parat, dabei kommen Spannung und Humor nicht zu kurz.

1996 überraschte Luis Sepúlveda mit *Historia de*

una gaviota y del gato que le enseñó a volar. Als »Un relato para contar a los niños de hoy y a los niños que todos fuimos« (*Esfera*, 30.11.1996) beschrieb der spanische Schriftsteller und Journalist José Manuel Fajardo die Geschichte vom Hafenkater Zorbas, der einer sterbenden Möwe verspricht, das Ei, das sie mit letzter Kraft legt, erstens nicht aufzufressen, zweitens auszubrüten und drittens dem Küken das Fliegen beizubringen. In Spanien erschien sie auch gar nicht erst als Kinderbuch, sondern im Hauptprogramm des Verlags. Das Buch hat sich mit Übersetzungen in 30 Sprachen zu einem internationalen Longseller entwickelt, allein in Italien werden jedes Jahr rund 40 000 Exemplare verkauft. Die deutsche Fassung eines 1998 in Italien entstandenen Trickfilms kam mit Uwe Ochsenknecht als Stimme von Kater Zorbas im Jahr 2000 in die Kinos.

Ein Kinder- oder Jugendbuch war nicht unbedingt das, worauf Sepúlvedas Leser gewartet hatten. Doch in Wirklichkeit ergänzt der Text sein Werk und bleibt der erzählerischen Linie des Autors treu. Ökologisches und soziales Engagement auf der einen Seite und autobiographische Erfahrungen auf der anderen tragen auch dieses Buch. Luis Sepúlveda lebte viele Jahre mit seiner Familie und dem Kater Zorbas in Hamburg.

Kengah, die Möwe, ist auf Sardinenjagd in der Elbmündung, als sie in einen Ölteppich gerät. Völlig mit Öl verklebt fliegt sie zurück nach Hamburg und muss auf Zorbas' Balkon notlanden. Um seine drei Versprechen halten zu können, braucht Zorbas den Rat und die Hilfe seiner Katerfreunde im Hafen, mit Liebe und Witz gezeichnete Figuren. Da ist zunächst der als weise geltende Colonello, ein römischer Kater, der gern auf Italienisch parliert und mit seinem Adjutanten, dem cleveren Secretario – man beachte die sprechenden Namen – in einem italienischen Hafenrestaurant zu Hause ist. Für die praktischen Ratschläge ist eher Secretario zuständig, und Colonello liegt mit ihm ununterbrochen im sportlichen Wettbewerb um den besten Einfall. Viel Komik entsteht auch durch Sabelotodo, dem Herrn über eine vielbändige Enzyklopädie, wohnhaft in Harry's Bazar, einer enormen Ansammlung von Trödel aus aller Welt. So spannend das Bücherwissen auch sein mag, zur Lösung der anstehenden Probleme trägt es nur wenig bei. Barlovento, dem Schiffskater, gelingt es immerhin mit seinem Seemannsgarn, dem Küken, das sie Afortunada getauft haben, Lust aufs Fliegen zu machen. Die kleine Möwe hat nämlich ein Identitätsproblem. Aufgehoben in der Gemeinschaft der Hafenkatzen, fällt es ihr schwer, ihr Anderssein zu akzeptieren. Dass die Katzen sie auch, oder gerade als Möwe lieben, ist eine der zentralen Botschaften des Romans. Doch es ist nicht alles eitel Sonnenschein im Hamburger Hafen. Zorbas muss sich des Spotts zweier Artgenossen erwehren, wenn sein Schützling ihn zärtlich »Mami« nennt. Das findet er zunächst auch nicht besonders komisch, denn verweichlicht ist er ganz und gar nicht, und seine Krallen bekommt zu spüren, wer ihn oder Afortunada angreift. Um sie zu schützen, muss er mit den Kanalratten ein ernstes Wort reden, über Vorrechte verhandeln und kleine Zugeständnisse machen. Zorbas' Charakter entspricht dem Bild »harte Schale, weicher Kern« recht gut. Der Autor imitiert lässig den Gangsterslang des Kinos, wenn sein Kater sich einen Schlagabtausch mit den Ratten liefert, und schafft so einen schönen Kontrast zu reflektierenden Textpassagen.

Die Welt, daran lässt Luis Sepúlveda keinen Zweifel, besteht leider nicht nur aus Wesen guten Willens und edler Gefühle. Auf Grautöne kann schon einmal verzichtet werden, wenn man deutlich machen möchte, dass man sich gegen die Feinde des Lebens entschieden zur Wehr setzen muss. Das geschieht meist auf Männer-Art, darin scheint »Papa« Hemingway Vorbild zu sein. Sepúlveda vermittelt ein Rollenmodell, das man getrost als traditionell bezeichnen darf. Weibliche Figuren tauchen nur am Rande auf, wie hier als Opfer (Kengah und Afortunada) oder als begehrtes Objekt wie Bubulina, eine schöne Katzendame, die am Ende des Romans in einer Nebenrolle auftritt.

Als die kleine Möwe endlich die »sehr persönliche« Entscheidung trifft, fliegen lernen zu wollen, versagt aufs Neue die Enzyklopädie. Jedenfalls lässt sich Leonardo da Vincis Modell der Flugmaschine nicht ohne weiteres auf Afortunadas Bedürfnisse übertragen. Zorbas sieht nur eine Lösung: Das große Tabu muss gebrochen werden, die Katzen müssen Rat bei den Menschen suchen, und er weiß auch schon bei wem. (Zu enger Kontakt zu den Menschen hat den Tieren bisher meistens geschadet, das wissen die Katzen.) Es sei der Dichter, dem er schon oft gelauscht habe und dabei zu dem Schluss gekommen sei, dass er vielleicht nicht mit Flügeln fliegen könne, aber dafür tue er es mit Worten.

Voilà, auch im Kinderbuch ist Platz für eine kleine Poetik. Sie gilt für Luis Sepúlvedas gesamtes Werk, das immer Emotionen weckt und versucht, die Welt erzählend zu verändern.

So ist es auch in der 16 Jahre später erschienenen zweiten Katzengeschichte, wieder eine Hommage an die Freundschaft, die vom Lesepublikum begeistert aufgenommen wurde. Warum faszinieren die Geschichten von Zorbas und von Mix große und kleine Leser gleichermaßen? Seit dem Erfolg der *Harry Potter*-Bände ist viel von All-Age-Literatur die Rede.

Wie im Fall von Joanne K. Rowling können das Bücher sein, die ursprünglich für junge Leser geschrieben wurden und dann auch Erwachsene in ihren Bann ziehen, wie anders herum Jugendliche auch belletristische Romane für sich entdecken. Die Verlagswelt hat sich dieses Phänomen inzwischen zunutze gemacht und ihr Marketing bewusst darauf abgestellt, ausgewählte Bücher mehrfach zu adressieren.

Die Gründe für den Erfolg der Titel der letzten Jahre, die oft aus dem Fantasy-Genre kommen, sind vielfältig. Sicher trägt dazu bei, dass viele wirklich gut geschrieben sind, doch auch ein Bedürfnis nach Weltflucht und Vereinfachung in einer immer komplizierter werdenden Welt lässt sich daran ablesen. Nicht bei jedem Buch muss man das so optimistisch bewerten, wie es Hans-Heino Ewers, der Direktor des Instituts für Jugendforschung an der Uni Frankfurt formuliert hat: »Der Leser emanzipiert sich ein Stück weit von der hohen Literaturkritik und schätzt wieder die Einfachheit.«[2]

Nun also erneut ein Kinderbuch in Reclams Roter Reihe. Denn was anderes soll eine Geschichte über die Freundschaft eines alten, blinden Katers mit einer geschwätzigen Maus sein? Vielleicht kommt sie der

2 Zit. nach: Peter Dittmar: All-Age-Literatur; Die Welt online, 20.11.2003 (http://www.welt.de/print-welt/article274379/All-Age-Literature.html).

Fabel nahe, jener etwas aus der Mode gekommenen Textsorte, die sich in früheren Zeiten mit ihrer strengen Moral vornehmlich an Erwachsene wandte. Modern gewandet und nicht strikt ausgelegt, zeigt sie sich in Sepúlvedas Version höchst lebendig und atmet jene Zeitlosigkeit, die auch klassische Texte für Leser aller Altersstufen wie Saint-Exupérys *Der kleine Prinz* ausstrahlen. Literatur dieser Art fördert sicherlich auch das gemeinsame Lesen, denn es sind ja meistens die Erwachsenen, die den Lesestoff der Kleinen auswählen.

Luis Sepúlveda erzählt in der spanischen Radiosendung *Un idioma sin fronteras*, wie es zu diesem Buch kam.[3] Sein 10jähriger Enkel, der nie einfache Fragen stellt – zu seiner Frage: Warum ist die Schnecke so langsam? ist inzwischen auch eine literarische Antwort entstanden –, überraschte ihn mit: Warum liebst du deine Freunde so sehr? Er könne sehen, wie glücklich der Opa mit ihnen sei, wie viel sie ihm bedeuteten. Als Antwort entstand die Geschichte von Mix, Max und Mex.

3 Un idioma sin fronteras – El escritor chileno Luis Sepúlveda presenta »Historia de Mix, de Max y de Mex«, 5.12.2012 (http://www.rtve.es/alacarta/audios/un-idioma-sin-fronteras/idioma-sin-fronteras-escritor-chileno-luis-sepulveda-presenta-historia-mix-max-mex/1602840/), empfehlenswert als Audio für den Unterricht.

Wie er Freundschaft erlebt, schildert der Autor dann anhand einer Ankedote, nennen wir sie ›Luis und der Fischer‹. Der Fischer im Süden Chiles ist sein Freund, und jedes Mal, wenn er ihn besuchte, empfing ihn der wortkarge Mann mit der gleichen Frage: »Was willst du essen?«

Antwort: »Fisch natürlich.« Worauf der Mann hinausfährt und mit einer riesigen Seezunge zurückkommt, die sie gemütlich grillen. Die Diktatur kommt, die Wanderjahre und das Exil, und als Luis endlich nach vielen Jahren zurückkehren kann, erwartet er doch mehr als die ewig gleiche Frage. Als er ankommt, trifft er zunächst nur die Frau des Fischers an, über die Jahre ebenfalls zur Vertrauten geworden. Die beiden umarmen sich, reden und sind erleichtert, sich nach allem heil wiederzusehen, doch als der Fischer kommt, heißt es nur: »Was willst du essen?« Also fahren sie zusammen aufs Meer, und Luis berichtet eine Stunde lang, wie es ihm ergangen ist. Dann will er endlich wissen, was der Freund all die Jahre gemacht habe, und dieser antwortet: »Dasselbe wie du, gelebt. Nur du kannst es viel besser erzählen.«

Freundschaft, die auch große Unterschiede überwinden kann, darum geht es in der Geschichte von Mix, Mex und Max. Für Sepúlveda ist sie das höchste Gut; er bekräftigt immer wieder, dass andere Werte in diesem aufgehen. Loyalität und Respekt zum Beispiel. Einen Freund zu haben, der ganz anders ist als man selbst, bietet die Chance, der Individualismus-Falle zu entkommen, die am Ende eher einsam als glücklich macht. Intensiv zu leben, darauf komme es an, sagt er im zitierten Interview, und am intensivsten lebe man nicht allein, sondern zusammen mit anderen.

Wichtige Grundsätze für eine gelungene Beziehung erfahren wir schon zu Beginn: »Ich könnte sagen, dass Mix der Kater von Max war, so wie ich auch sagen könnte, dass Max der Mensch von Mix war. Doch das Leben lehrt uns, dass es nicht gerecht ist, dass einer des anderen Herrn ist, also sagen wir, dass Max und Mix oder Mix und Max sich gegenseitig sehr mochten« (S. 11).

Diesen klaren Stil, frei von Zweideutigkeiten, schätzen Kinder. Schon ihre Erfahrung reicht, um dem zuzustimmen, erst recht die Lebenserfahrung der Großen. In jedem der zehn kurzen Kapitel findet sich, eng mit der Handlung verknüpft, eine kleine Reflexion über Freundschaft, einfach, direkt und kindgerecht. Da heißt es: echte Freunde freuen sich mit dem anderen und nehmen Anteil an Erfolgen und Irrtümern, tragen Sorge für die Freiheit des anderen, sind immer ehrlich zueinander, können gemeinsam schweigen, teilen Träume und Hoffnungen, wissen um des anderen Einschränkungen und helfen einander, Schwierigkeiten zu überwinden.

Nur für erwachsene Leser decodierbar, zitiert Sepúlveda in Kapitel 8 das oft skandierte Überlebensmotto derjenigen, die sich der Diktatur in Chile widersetzten: »El pueblo unido jamás será vencido« (»Vereint ist das Volk unbesiegbar«). Es wird zu »Los amigos cuando están unidos no pueden ser vencidos.« Nicht nur politischer Kampf, auch Freundschaft lehrt uns Solidarität.

Das kleine Abenteuer, das Mix, der blinde Kater, und Mex, die mexikanische Maus, zu bestehen haben, nämlich einen Einbrecher zu vertreiben, der sich an der Tür zu schaffen macht, meistern sie gemeinsam und nach Art der Bremer Stadtmusikanten. Während Mix sich gegen die Tür wirft, gelingt es Mex durch wildes Hopsen auf der Fernbedienung, den Fernseher einzuschalten. Dieser Lärm, der anzeigt, dass wohl doch jemand zu Hause ist, lässt den Einbrecher kehrtmachen.

Die Geschichte rührt und unterhält aus ähnlichen Gründen wie schon bei Kater Zorbas und Afortunada: Erzählerische Passagen wechseln mit knackigen Dialogen, denn erst mal müssen die beiden ungleichen Partner zueinander finden. Und da hat der Autor Mex zu einer listigen Quasselstrippe gemacht, die gerne mal um den heißen Brei, beziehungsweise die köstlichen Schokomüsliflocken herum redet, während Mix abwägt und dann schnell zur Sache kommt.

Die Schlusspointe dieser modernen Fabel zeigt unmissverständlich, worum es Luis Sepúlveda geht. Während Mix zu Beginn seine Position der Stärke nicht ausnutzt und die Maus in seiner Kralle lieber zum Freund als zur Zwischenmahlzeit wählt, ist mit der Zeit das Vertrauen zwischen den beiden so gewachsen, dass er sich wagt, auf Mex' Vorschlag einzugehen und mit dessen Hilfe – seinen scharfen Maus-Augen – die Katzenfreiheit der Hausdächer wiederzuerlangen. Mit Mex als Einflüsterer zwischen seinen Ohren geht es in gewagten Sprüngen von Hausdach zu Hausdach. Gemeinsam sind sie unschlagbar.

Los amigos cuando están unidos no pueden ser vencidos.

Michaela Schwermann

Inhalt

Historia de Mix, de Max y de Mex 7

Editorische Notiz 67
Werke von Luis Sepúlveda 69
Nachwort 71